Viiltäjä Jack

Erika Sanders

Viiltäjä Jack
Erika Sanders

Tiivistelmä

Tamara ei tiennyt eikä koskaan tietäisi mitä tapahtui sen jälkeen.

Hän muistaa vain äkillisen, sokaisevan hopean välähdyksen valossa, polttavan tunteen hänen kurkussaan ja hänen päänsä nykimisen hiuksista.

Ja yhtäkkiä oli mahdotonta hengittää.

Hän kamppaili yrittäen löysätä hänen otettaan, mutta huomasi, että hänen kätensä tuntuivat lyijypainoilta ja että hänen keskittymisensä oli hämärtynyt...

Huomautus kirjoittajalle:

Erika Sanders on kansainvälisesti tunnettu, yli kahdellekymmenelle kielelle käännetty kirjailija, joka allekirjoittaa eroottisimmat kirjoituksensa tavanomaisesta proosasta poiketen tyttönimellään.

Indeksi:

VIILTÄJÄ JACK
ERIKA SANDERS

11

LUKU I

Tamara makasi hiljaa miehen alla, sulki silmänsä näkemältä hänen vääntyneet ja rumat kasvot, mutta piti jalkansa mahdollisimman leveänä. Hän ei voinut valittaa; loppujen lopuksi hän oli puhdas ja oli käynyt kylvyssä äskettäin, joten hänen tuoksunsa ei ollut ongelma. Se oli hänen vatsaansa. Hänen ei olisi koskaan pitänyt päättää viedä lihavaa miestä sänkyyn, mutta 400 dollaria oli liikaa jätettäväksi. 400 dollaria, paljaana. Hänen suolensa painui hänen vatsaan, ja hänen oli lähes mahdotonta hengittää täyteen syvään. Lisäksi hänen pubensa hieroivat hänen klitistään raa'aksi ja siitä oli tulossa kipeä.

Lopulta hän kiihtyi ja nyökkäsi häntä ikään kuin hänen elämänsä olisi riippuvainen siitä ja löi häntä jo kipeään reikään, kunnes hän kumpui. Hän nyökkäsi ylöspäin jokaisella siemensyöksyllä, saaden hänet ajattelemaan valasta, joka hyppäsi ulos vedestä ja neljä märkää suihketta myöhemmin, hän kiertyi pois hänestä, molemmat haukkoen henkeä.

Hän pyyhki kasvonsa ja katsoi häntä. "Sinä olit hyvä."

"Öh, kiitos." Hän nousi istumaan ja taputti hänen nousevaa keskeltä. "Haitatko, jos käytän kylpyhuonettasi?"

"Ei suinkaan. Tee se nopeasti. Vaimoni tulee takaisin milloin tahansa."

Tamara seisoi ja puristi jalkojaan tiukasti yhteen, jotta hänen vetiset siittiöt eivät liukuisi ulos. Hän onnistui pitämään suurimman osan siitä sisällä, kunnes hän pystyi istumaan wc:ssä ja käyttämään lihaksiaan sen ilmaisemiseen. Hän käytti muutaman wc-paperin siivoamiseen sotkun, taputti jalkojensa sisäosia ja yritti kuivata sukkanauhavyönsä ja sukkahousujensa pitsiä. Ei paha, hän ajatteli. Hän huuhteli wc:ssä ja suuntasi takaisin hotellihuoneeseen miettien, oliko hänellä suihkua huoneessaan. Saattaa olla, että joudut hakemaan vähän matkalla kotiin.

"Oletko Essexissä huomenna?"

"En tiedä. Voi olla." Tamara ojensi kätensä ja hymyili hänelle, kun tämä laittoi neljä sadan dollarin seteliä hänen käteensä. "Haluatko toisen treffin?"

"Joo. Älä löydä liian montaa huoraa, joka tekee sen ilman kumia."

Huora. Hän vihasi sanaa, mutta se kuvasi sitä, mitä hän oli. Hän huokaisi ja hieroi valehymyn takaisin päälle. "No, tule etsimään minut, kun olet valmis."

Hänen takanaan sulkeutuvan oven pehmeä hamahdus lohdutti ja Tamara käveli mahdollisimman nopeasti hissille. Hän ohitti vanhemman parin, joka antoi hänelle ilkeän ilmeen, ja hän tiedostamatta veti laskoshameensa korkeaa helmaa tietäen, että se ei peittäisi vauvanuken sukkia ja vaaleanpunaisia sukkanauhaa. Hissi tuli ja sai hänet pois kurjuudestaan, ja muutamassa minuutissa hän oli taas kadulla hengitellen New Yorkin raitista ilmaa.

Tamara oli asunut NYC:ssä lähes neljä vuotta ja ollut prostituoitunut lähes yhtä kauan. Satunnainen tapaaminen bussiterminaalissa, kun hän oli paennut, oli yhdistänyt hänet Torranceen. Hän etsi aina tuoretta lihaa, ja hänen kuusitoistavuotiaan ruumiinsa oli sopinut hänen laskuun täydellisesti. Toinen tyttö, Julieta, oli opettanut hänelle kuinka pelata peliä, ja hetkessä Tamara ansaitsi rahaa, josta suurimman osan väitti Torrance. Kun vihainen meth-kauppias ampui hänet alas, hän kääntyi Sellersin, toisen parittajan puoleen, joka piti paremman tallin. Hän ansaitsi paremmin rahaa hänen kanssaan, mutta hän vaati kaikkia tyttöjään ratsastamaan asiakkaita paljaasti. Aluksi hän oli kiukkunut, antanut ilmaista suun ja käyttänyt kondomia kyljessä, mutta yksi johnista oli valittanut ja kova pahoinpitely oli muuttanut hänen mielensä ylittää hänet uudelleen.

Hän suuntasi alas Essexiin ja päätti viedä kujan takaisin Sellersin asuntoon. Hänen jalkansa tappoivat hänet ja hän suuttui siitä, että Julieta oli ottanut hänen vanhat mustat vittu-pumput kysymättä. Vitun kusipää! Hänen oveensa pitäisi laittaa parempi lukko. Myyjät luultavasti huolehtisivat siitä hänen puolestaan.

Varjo irtosi ovesta ja hän jähmettyi kesken askeleen.

"Hyvää iltaa." Ääni oli matala ja viljelty englantilaisella aksentilla, kuten David Bowiella. "Oletko vapaa tänä iltana?"

"En ole vapaa, mutta minut voidaan ostaa."

Hän tuli valoon, ja hän hymyili ja kiitti ketään, joka oli yläkerrassa, että tämä oli pitkä, karmea ja komea.

"Kuinka paljon?"

"Riippuu mitä haluat."

"Haluan sinun imevän munaa ja nielevän munuani."

"Ei kumia?"

"Ei kumia. Mitä maksaa?"

"300 dollaria." Hän viittasi naiselle seuraamaan häntä, ja he menivät takaisin samaan hämärästi valaistuun alkoviin, josta hän oli noussut esiin. Hän alkoi heti avata housujaan. "Raha ensin, professori."

Kun hän haaroitti rahat ja nainen oli tarkistanut ne ja pannut ne lompakkoonsa, hän polvistui likaiselle maalle odottaen, kun hän avasi housunsa. Hänen kukkonsa ponnahti ulos, paksu ja kova, ja hän teki arvostavan äänen, kun hän kurkotti sitä.

"Kiva kukko. Et varmasti halua naida?"

"Joo. Olen varma."

Tamara ei tiennyt eikä koskaan tietäisi mitä tapahtui sen jälkeen. Hän muistaa vain äkillisen, sokaisevan hopean välähdyksen valossa, polttavan tunteen kurkussa ja hänen päänsä nykimisen hiuksista. Hänen kukkonsa katosi näkyvistä ja yhtäkkiä oli mahdotonta hengittää. Hän kamppaili yrittäen löysätä hänen otettaan, mutta huomasi, että hänen kätensä tuntuivat lyijypainoilta ja että hänen keskittymisensä oli hämärtynyt.

Hän vain hymyili ja hänen hiuksiaan käyttäen nosti hänen päätään, kunnes hänen kukkonsa harjasi leveää viiltoa, jonka hän oli tehnyt hänen kaulaansa. Hänen lämmin, roiskuva veri peitti hänen sauvan, mikä teki sisäänkäynnistä liukas ja samettisen. Täydellinen. Yksinkertaisesti täydellinen. Hän työnsi yhä uudestaan ja uudestaan, hänen ruumiinsa vapisi, kun tämä gurguili ja kamppaili, ja hän ampui kuormansa, juuri kun hän otti viimeisen henkäyksensä.

Täydellinen. Hän heitti hänet syrjään kuin jätkä, joka hän oli, ja sulki housunsa vetoketjun nauttien tunteesta, kuinka hänen viskoosi verensä valui hänen häpykarvansa läpi ja kuivui hänen kiveksilleen. Yksinkertaisesti täydellinen.

LUKU II

Pääetsivä Clarice Burton pysäköi merkitsemättömän autonsa keltaisen poliisinauhan reunalle ja veti suojan ulos ja työnsi sen takkinsa taskuun. Äänityspäällikkö pani merkille hänen virallisen asemansa ja antoi hänen ohittaa katsellen hänen pyöreän perseensä nykivän poispäin, kun hän suuntasi tummapukuisten miesten solmuun, joista useimmat katsoivat poispäin hänen lähestyessään. Oli vuosi 2004, ja New Yorkin hienoimpien etsivien tiukka maailma syrjäytti edelleen naiset. Häntä pidettiin ala-arvoisena olentona, vaikka hänellä oli kaupunginosan korkein ratkaisuprosentti.

Silti Clarice Burton ei ollut selvinnyt läheltä kuolemaa väkivaltaisen aviomiehen käsissä, jotta hän olisi antanut muutaman miehen, joilla oli pieni muna, työntää häntä ympäriinsä. Hänen kumppaninsa Tony Acosta nyökkäsi hänelle kunnioittavasti, työnsi kätensä taskuihinsa ja näytti järkyttyneeltä.

"Hei, pojat." Mario Andreotti ja John Stevens mutistivat tervehdyksiä katsellessaan hänen kävelevän heidän ympyrän läpi ja suuntautuvan lakanalla peitettyyn ruumiiseen. Hän veti peitteen takaisin ja tutki nuorta naista ja pani merkille syvän viipaleen hänen niskassaan ja veren määrän, joka ympäröi hänen elotonta kehoaan. "Mitä meillä on täällä?"

Miehet vaihtoivat katseita ja Acosta poistui ympyrästä polvistuen hänen viereensä ottaessaan muistikirjaansa esiin. "Hänen nimensä on Tamara Williams, 20-vuotias. Hän on prostituoitu, joka poistuu Jamie Sellersin sivustolta. Patrick Miller, siellä seisova roskamies, löysi hänet."

"Onko todistajia?"

"Ei kukaan."

"Katkaiseeko hän mitään?"

"Ei sillä, että voimme päätellä. Hänen laukkunsa on tuolla. Hänellä oli 700 dollaria käteistä, kynsiviila, puhelimen käyntikortti ja pullo kirkasta kynsilakkaa."

"Ei kondomia?"

"Ei."

"Varmista, että kirjoitat muistiin ja kehotat tutkijaa tarkistamaan sairaudet, kuten HIV/aidsin. Hän näyttää melko terveeltä, mutta jos hän tekee temppuja paljain selkä, sitä ei koskaan tiedä."

"Oikein. On jotain muuta, jonka saatat haluta nähdä." Acosta veti käsineen käteensä, käänsi lakanan takaisin ja avasi vanhan kuulakärkikynän kärjellä kuolleen naisen kurkussa olevan syvän viivan. "Näetkö tuon?"

Burton kumartui eteenpäin keskittyen keittoisen valkoiseen seokseen, joka kellui koaguloivan veren päällä, kuten munanvalkuaisessa tavallisesti esiintyvä valkoinen pala. "Mikä tuo on?"

"Se on spermaa."

"Mitä? Mistä sinä tiedät?"

"En ole varma, mutta näin minä ajattelen." Hän liikutti kynän reunaa alaspäin osoittaen Burtonille kiiltävän valkoisen viivan ihon sisäpuolella. "Luulen, että hän leikkasi hänen kurkkunsa ja nai haavaa hänen kuollessaan."

"Uh!" Hän seisoi ja taivutti särkeviä jalkalihaksiaan miettiessään hänen sanojaan. "Kuulostaa ihan vitun perverssiltä."

"Minun pitäisi olla samaa mieltä kanssasi, Clarence. No, mitä seuraavaksi?"

"Ota roskamieheltä mitä saat ja valvo hänen noutoa. Kerro oikeuslääkäreille, että haluan heti tietää mitä ainetta on kurkussa ja jos se on siemennestettä, pyydä häntä lähettämään se konekirjoitukseen. Meillä voi käydä tuurilla ja löytää joku tietokannasta."

"Okei. Mitä aiot tehdä?"

"Puhu Jamie Sellersin kanssa. Ehkä saan selville kuka hänen viimeinen asiakkaansa oli."

"En usko, että tämä oli asiakas, Clarence. Luulen, että kuka tahansa jätkä olikin, hän oli freelance."

"Minun pitäisi olla samaa mieltä, mutta yrittäminen ei haittaa."

Burton jätti kumppaninsa osastoystävilleen ja heitti epäluuloisen katseensa ihmisten yli, jotka olivat kokoontuneet katsomaan ruumista. Tiedettiin, että joskus rikollinen palasi rikospaikalle kokemaan sen uudelleen tai nauttimaan poliisin toimimattomuudesta. Roskamies ei näyttänyt olevan hämmästynyt siitä, että hän löysi ruumiin, ja oli iloisesti ketjutupakoimassa, puhuen matkapuhelimeen. Ainoa henkilö, joka kiinnitti hänen huomionsa, oli pappi, joka seisoi väkijoukon reunalla, hänen huulensa liikkuivat, kun hän piti hiljaisen rukouksen kehon yli.

"Hyvä, että joku antaa hänelle siunauksen." Hän mutisi itsekseen suuntautuessaan takaisin autoonsa. "Me kaikki tarvitsemme yhden."

Seuraava pysäkki: Keskusta.

* * *

Hän otti oluen jääkaapista ja istuutui suosikkituoliinsa, keventäen lepotuolia, kun hän käynnisti kaukosäätimen. Televisio poksahti päälle ja huonekaluliikkeen mainos päättyi juuri ennen Evening Newsin alkamista.

"Tärkein tarinamme, nainen löydettiin melkein mestatetuksi kujalta Lower East Siden alueella." Ankkurinainen sanoi. "Mennään live-lähetykseen toimittajamme kanssa." Tässä vaiheessa hän kumartui eteenpäin, hänen kiinnostuksensa heräsi. Kuten toimittaja kuvaili rikosta, hän tutki paikalla olevien ihmisten kasvoja. Hän rakasti pelottavia ja toisinaan tyhjiä ilmeitä katsojien kasvoilla. Hänen kukkonsa kovettui housuissaan ja hän avasi pyjamanhousunsa napit ja antoi sille pitkän, kovan vedon.

"Tämän tapauksen pääetsivällä, etsivä Clarice Burtonilla oli tämä sanottava murhasta." Hän tutki räikeää poliisia ja hänen kukkonsa kovetti entisestään. Kuinka ihana hän olikaan! Kaikki ne punakultaiset hiukset, siniset silmät, suuret tissit... jumala kuinka hän haluaisi työntää

 ERIKA SANDERS

kukkonsa noiden kaunokaisten väliin ja sylkeä kuormansa hänen leukaansa. Hän antoi itselleen toisen kovan vedon, rasittuen vaivannäöstä. Hän jatkoi puhumista joistakin rikoksen yksityiskohdista, ja hänen huomionsa kiinnittyi hänen suuhunsa, leveäksi ja mehukkaaksi, ja siinä oli nuorten tyttöjen suosima vaaleanpunainen väri. Se oli enemmän kuin kykenevä imemään hänen kukkoaan. Hän voihki, hieroen nyt kovemmin ja käytti videonauhurin taikuutta katsoakseen haastattelun uudelleen, jotta hän voisi katsella hänen suunsa liikkuvan yhä uudelleen ja uudelleen.

Pistely hänen selkärangansa tyvessä osoitti hänen vapautumistaan ja hän tuli, hänen siemennesteensä tunkeutuneena ilmaan, spurtti toisensa jälkeen laskeutuessaan tuolin harjatun sametin ja alla olevan maton ruskean kasan päälle. Hengittäen haukkoen hän aktivoi kaukosäätimen uudelleen ja makasi ontuneena toipuessaan katsellessaan loput haastattelusta. Hän oli yllättynyt nähdessään papin haastateltavan seuraavana kuunnellen hänen hyväntahtoisia sanojaan, jotka kertovat elämän arvokkuudesta ja lupauksestaan rukoilla nuoren naisen puolesta.

Vittu jumala! Hän huusi, vetäytyi syrjään ja heilutteli oluttaan. Tuo huora ei ansainnut elää, ei ansainnut vetää makeaa henkeä. Jos pappi halusi saada huoroja rukoiltavana, hän saisi hänen toiveensa. Hän varmasti saavuttaisi toiveensa.

LUKU III

Keskustelu Jamie Sellersin kanssa oli turhaa. Burton tiesi jo, ettei hän luultavasti saisi häneltä mitään, mutta häntä suuttui, ettei parittaja luovuttaisi Tamaran viimeistä asiakasta kuulusteltavaksi. Hän ei osoittanut todellista huolta muiden hänelle työskennelleiden naisten hyvinvoinnista, vaan halusi vain tietää missä hänet tapettiin, jotta hän voisi pitää muut tytöt poissa alueelta pidätyksen pelossa.

Hänen mielestään Tamara oli liuskekivi, joka oli pyyhitty puhtaaksi ja pyysi vain, että hänelle annettaisiin rahat lompakossaan. Tietenkin Burton oli kieltäytynyt sanoen, että rahat vapautettaisiin hänen perheelleen, jos mahdollista ja jos perhettä ei löydy, Poliisipoliisi Benevolent Association saisi ne. Sellers ei tietenkään ollut tyytyväinen. Hän löi oven kiinni Burtonin jälkeen mutisten hengityksensä alla, että "vitun siat eivät tarvitse enää donitsirahaa".

Koska oli jo myöhä, hän päätti ottaa tiedoston ja suunnata kotiin, potkaisemalla kenkänsä jaloistaan ja suuntaamalla alakertaan toimistoonsa. Suuri korkkilauta vei suurimman osan tilasta pienessä huoneessa, ja hän sytytti valot katsellen taulun sisältöä. Snapshots, 8 X 10s ja muut pikkupalat roskaavat lähes joka tuuman pinnasta, kaikki visuaaliset esitykset nuorista naisista, jotka oli murhattu raa'asti hänen alueellaan sen jälkeen, kun hänestä tuli poliisi. Burton avasi kädessään olevan Manila-kansion ja otti Tamaran kuvan kiinnittäen sen tyhjään tilaan.

Hänen silmänsä vetivät 4 x 8:aan kauniin pienen tytön, jolla oli vaaleat hiukset ja tuikkivat siniset silmät. Sellaisen enkelin kauneuden oli saattanut alas samanlainen käsi, joka oli tappanut tuon tytön tänään: vihainen mies, joka piti häntä seksuaalisena työkaluna eikä ihmisenä. Tim oli polttanut tupakkaa ja katsonut televisiota, kun Clarice oli löytänyt Angien ruumiin pienestä sängystään. Hän ei koskaan unohtaisi verta, joka levitti hänen jalkojensa sisäosia, ja puhdasta viattomuutta hänen näköisissä silmissään.

Tim Burton oli nyt vankilassa ja istui kahta 20 vuotta peräkkäin Angien hyväksikäytöstä ja sitä seuranneesta kuolemasta, kun taas Clarice istui elinkautista tuomiota syyllisyysvankilassa äitinsä sydämen täynnä epäonnistumisen syyllisyyttä. Hän nielaisi kurkussaan olevaa kyhmyä vasten ja kohotti yhden vapisevan kätensä koskettaakseen kuvan rispaavia reunoja. Hän ei koskaan koskettanut valokuvan värillistä osaa; tämä pieni valokuva ja nalle oli kaikki, mitä hänen tyttärestään jäi jäljelle.

Burton puristi hänen kätensä pois ja käänsi katseensa Tamaraan. Hän oli jonkun tytär. Jossain hänellä oli ollut pehmeä, turvallinen sänky nukkuakseen. Jossain hän oli viettänyt joulua ja pääsiäistä ihmisten kanssa, jotka välittivät hänestä. Hänellä ei ollut sellaisen prostituoidun katkeraa ilmettä, joka ei ollut koskaan nähnyt huolenpitoa. Jossain, joskus hän oli kokenut rakkautta.

"Miksi et nyt? Kenen tapasit etkä osoittanut sinulle rakkautta? Kuka sai sinut kuolemaan omassa veressäsi? Kerro minulle, Tamara. Kerro kuka hän oli."

* * *

"En halua mennä, Sellers, etkä voi pakottaa minua!" Julieta huudahti ja kääntyi kävelemään pois. Hän oli uupunut koko päivän töistä, jalkoihinsa sattui eikä hän halunnut mennä tekemään tätä viime hetken työtä, joka odotti häntä nurkassa. Kuva Tamaran kuoleman tylsistä silmistä ja kiertyneestä ruumiista oli liian tuoreena hänen mielessään.

Sellersin ruuvipenkkimainen ote hauishauistaan katkaisi veren hänen käsivarrestaan, ja hän sihisi, hänen linjassa olevat hampaansa hohtaen valossa. "Voin saada sinut tekemään mitä haluan." Hän tungosta häntä ja astui niin lähelle, että tämä vapisi huolimatta siitä rohkeudesta, jota hän yritti esittää. "Tarvitseeko sinua muistutuksen?"

"Ei." Julieta vihasi itseään, kun hän sylki sanan nopeasti ja antoi hänelle tietää, että hänen uhkailunsa toimi. "Mutta haluan sinun lähtevän kanssani."

"En aio katsoa sinua ja jonkun valkoisen pojan vittuilua! Mene nyt liikkeelle." Hän työnsi häntä hieman odottavaa miestä kohti. "Ja hanki ensin rahat!"

Julieta pudisti aaltoilevat hiuksensa, suoristi mekkonsa ja käveli miehen luokse yrittäen näyttää seksikkäältä ajattelematta kuinka pahasti hänen jalkansa kipeivät. "Hei."

"Hei." Hänen äänensä oli pehmeä, melkein hengittävä ja hän katsoi ujosti pois. "Olet hyvin kaunis."

"Kiitos. Pidätkö latinalaisista naisista?"

"Rakastan niitä." Jälleen hengittävä, mutta aavistuksen kanssa?

"Haluatko siis treffit?"

"Joo. Haluan naida tissit."

"Tällaisia, vai mitä?" Julieta vilkaisi ympärilleen varmistaakseen, ettei kukaan muu ollut katsomassa, ja puristi toista rintaansa aistillisesti. "Ne ovat todellisia. Haluatko koskettaa yhtä?"

Hän ojensi varovasti kätensä ja nappasi maapalloa, nostaen sen makeaa painoa ja sitten puristi sitä. "Voi paska."

"Double Ds." Julieta tarjosi ylpeänä. "300 dollaria ja ne ovat sinun."

"Nieletkö sinä?"

"Lisää vielä 200 dollaria, niin minä juon jokaisen vähän, mitä sinun on annettava."

"Tehty."

Naurahtien hän johdatti hänet kaatopaikan taakse ja ojensi kätensä hymyillen, kun hän laittoi viisisadan dollarin seteleitä hänen käteensä. "Kiitos." Kun asia oli poissa tieltä, hän veti yläosansa alas ja antoi hänen hieroa kasvojaan niitä vasten, ennen kuin hän putosi polvilleen odottaen hengästyneenä näkevänsä hänen pistonsa. Hän avasi housunsa vetoketjun ja veti kukkonsa ulos, iskeen sitä hänen poskia vasten ennen kuin liu'utti sen rintojensa väliin. Julieta piti tissiä yhdessä, taivutti päänsä alas ja imi päätä suuhunsa jokaisella työntövoimalla.

Hän huokaisi, tarttuen hänen harteinsa vakauttaakseen itsensä ja pumppaamalla nopeammin. Se tapahtui pian, hän tunsi sen. Tuo tuttu kihelmöinti. Hän sihisi, kun hänen kukkonsa purkautui, työnsi sen hänen suuhunsa ja työnsi sen niin pitkälle hänen suuhunsa kuin pystyi. Hän tukehtui ensin, sitten nielaisi ja tarttui hänen lantioonsa, jotta se ei suutele toista kertaa. Kun hän lopulta lopetti kumartamisen, hän veti hänen kukkonsa ulos suustaan ja veti paitansa takaisin paikoilleen.

"Nähdään myöhemmin."

Julieta ei nähnyt hänen käsivartensa kierrettä kurkkunsa ympärillä, mutta hän kuuli henkitorvensa rypistymisen, kun se väistyi hänen lihaksensa ja luunsa voimasta. Ja melko pian hän ei kuullut mitään muuta.

LUKU IV

Jim Blanch tuli koulusta samaan aikaan kuin aina. Hänen äitinsä pani merkille, että hän toivotti hänet tervetulleeksi ja kuunteli hänen raskaita askelluksiaan, kun hän juoksi ylös portaita. Hän hymyili. Jim oli niin hyvä poika; Jumalan lahja kiistanalaisen avioeron jälkeen, jonka hän oli joutunut kestämään. Hän valmistui tänä vuonna, oli A-opiskelija ja rakasti koripalloa ystäviensä kanssa. Mikä parasta, hän siivosi huoneensa pyytämättä ja auttoi häntä aina, kun hän sitä tarvitsi.

Itse asiassa hänen täytyi pyytää häntä tekemään palvelus. Heidän naapurinsa Mr. Greenwell tarvitsi ullakolta alas tavaratilan, ja Lorna oli tarjonnut Jimin työhön vapaaehtoisesti. Hän pyyhki kätensä esiliinaansa, käänsi kana-rigatoninsa alas ja meni portaiden alaosaan.

"Jim! Voitko tulla tänne, kiitos?"

Lorna odotti, mutta hän ei saanut normaalia vastausta häneltä. Ehkä hänen ovensa oli kiinni tai hän kuunteli musiikkia. Koska hän oli ostanut hänelle tuon MP3-soittimen, hänen oli joskus täytynyt mennä portaat ylös hänen huoneeseensa saadakseen hänen huomionsa. Hän huokaisi ja nousi portaille. Hänen täytyisi tehdä se uudelleen, ja hänen nivelensä valitti.

"Helvetti! Jim!"

Hän kiipesi portaita suosien loukkaantunutta jalkaa ja lepäsi tasanteelle vinkuen kivusta. Hän kuuli musiikkia. Hän tunsi bändin hyvin; viime aikoina hän oli ollut pakkomielle Franz Ferdinandiin ja soittanut heidän uutta albumiaan yhä uudelleen ja uudelleen. Rumpujen ja kitaroiden huudon alla hän kuuli jotain muuta. Jotain ilman rytmiä; jotain, mikä ei sopinut musiikkiin. Se kuulosti ... narisevilta sänkyjousilta.

"Jim?" Hän ei soittanut nyt yhtä äänekkäästi. Jim oli 18-vuotias ja matkalla mieheksi, ja hän tiesi, että hän masturboi silloin tällöin suihkussa. Hän ei halunnut häiritä häntä, jos näin oli, mutta hänen erityinen äitinsä aisti kertoi hänelle, että jokin oli vialla. "Jim, sinun on tehtävä minulle palvelus."

Hän astui lähemmäs ja lähemmäs, musiikin äänenvoimakkuuden kasvaessa ja äänien nopeutumisen ja sävelkorkeuden lisääntyessä. Hänen tärisevä kätensä saavutti ovenkahvan ja hän tarttui siihen ja käänsi sitä helposti. "Jim?"

Näky, joka kohtasi hänen silmänsä, oli sellainen, jota Lorna Blanch ei koskaan unohtaisi. Hänen poikansa huone oli tavallisessa sekaisin tilassa. Seinille teipattiin julisteita Jennifer Garnerista ja Jessica Albasta sekä puolialastomia animenaisia. Ja hänen poikansa oli sängyssä alasti. Hänen vahvat jalkansa hajallaan jotain, hänen lantionsa taipuivat ja selkälihakset aaltoivat. Lorna otti pienen askeleen sivuttain, hänen silmänsä levenevät. Pojan vartalon alla oli pari täydelliset rinnat ja hän piti niitä yhdessä työnnettyään kukkonsa niiden väliin.

Lorna Blanch huusi.

* * *

"Oletko tosissasi?"

Burton ja Acosta työnsivät aseman ovet auki, suuntasivat ulos ja hyppäsivät alas portaita kohti hänen autoaan.

"Toivon, että olisin. Hän soitti viisi minuuttia sitten ja sanoi, että hänen poikansa vittuili tissit ja tulla hakemaan ne."

"Olemmeko varmoja, että he kuuluvat Julieta Friarsille?"

"Ei, mutta en todellakaan voi ajatella ketään muuta, jolta puuttuu tissit, vai mitä?"

Keskustelua ei enää käyty, ennen kuin he saapuivat Brownstonelle, surinaa kohti sisäänkäyntiä. Lorna Blanch oli vihan ja inhon välissä, ja hänen poikansa oli ilmeisesti molempien suurin.

"Rouva Blanch? Olen etsivä Burton. Tämä on etsivä Acosta."

Nainen kätteli heidän kanssaan reippaasti, ja hänen vihainen katseensa palasi nuoreen mieheen, joka yritti pienentyä tuolissa. "Opetin hänelle paremmin kuin sen. Hän tiesi paremmin kuin tuoda tuon saastaisen esineen taloon."

Acosta uskalsi kysyä varovaisesti lisäämästä vihaansa. "Rouva Blanch, oletko varma, että ne ovat... todellisia?"

"Voi, ne ovat todellisia, okei." Hän huudahti vihaisesti ja kääntyi sitten haukkumaan poikaansa. "Mene näyttämään heille, Jim."

Nuori mies ei puhunut. Hän johdatti heidät portaat ylös makuuhuoneeseensa ja osoitti sänkyään. Täydellinen sarja rinnat lepäsi lähellä hänen tyyny, siististi veistetty ja leikattu siirrettäväksi, yksi nänni lävistetty tanko, jossa roikkuu mehiläinen. Burton veti taskustaan käsineet ja tutki lihaa huolellisesti.

"Ne ovat hänen."

"Mistä tiedät?"

Burton kohotti vasenta rintaa ja näytti hänelle tatuoidut kirjaimet. Pieni B.

"Se oli hänen kadunnimensä." Hän riisui hanskat kädestä ja kääntyi nuoren miehen puoleen. "Mistä löysit ne?"

"Kaatopaikassa." Hän änkytti. "Olen matkalla koulusta kotiin."

Burton pysähtyi ajatuksiinsa vetäen Acostan kyljelleen. "Meidän on parempi työskennellä nopeasti. Pelkään, mitä hän tekee seuraavaksi."

LUKU V

Burton ja Acosta tutkivat roskakoria, josta Jim Blanch oli sanonut löytäneensä rinnat, mutta eivät löytäneet muita todisteita. Tissit kuuluivat Julietalle; ne sopivat täydellisesti paikoilleen, kun lääkärintutkija sovitti ne siististi veistettyyn reikään hänen vartalossaan. Acosta melkein repii takaisin vasikanlihascaloppininsa matkalla ulos ovesta. Tohtori Arbitag nauroi niin lujaa, että Vicksin maapallo hänen nenänsä alla uhkasi karkottaa itsensä huoneen poikki.

"Sen pitäisi olla olympialaisissa. Luultavasti muutama sekunti pois Usain Boltin ajasta."

"Arby, sinä olet oikea paskiainen, tiedätkö sen?" Clarice nauroi auttaen häntä laittamaan ruumiinosan takaisin erilliseen pussiinsa.

"Joo, mutta sinä rakastat minua." Hän sulki laukun ja asetti sen kärryyn. "No, Clarice, en tiedä mitä voin kertoa sinulle, mutta emme ole löytäneet sinulle käyttökelpoisia todisteita."

"Entä siemenneste?"

"Kirjoitimme sen, mutta emme saaneet yhtään osumaa tietokantaan."

Burton veti hanskat pois napsautuksella ja astui vivun päälle avatakseen lääkintäjätteen roskakorin. "En todellakaan lyönyt vetoa siitä millään tavalla. Tiedäthän, että ne ovat yleensä kaukaa."

"Joo, joskus." Arby pesi kätensä ja kääntyi takaisin etsivän puoleen. "Mutta et koskaan tiedä, ennen kuin yrität."

"Arby, olet nähnyt monia tapauksia. Tiedän, että et ole Michael Baden, mutta tarvitsen asiantuntemustasi." Hän pysähtyi ja järjesti ajatuksensa. "Hän aikoo tappaa jälleen ja se tulee pian. Julieta oli eilen. Tamara oli kaksi päivää aikaisemmin. Keskiyön jälkeen meillä on toinen kuollut nainen käsissämme ja pormestari tulee paskaksi."

"Et pidä siitä."

Burton nauroi nopeasti raittiina. "Voitko antaa minulle jotain jatkoa? Jotain sisimmistäsi?"

Arbitag pyyhki kätensä ja alkoi letkulla lihanpalasia ja hyytymää verta viemäriin läheiselle pöydälle. Hän katsoi häntä hetken ja päästi sitten letkun venttiilin irti, jolloin veden virtaus päättyi. "Hän on hullu. Hän ei ole vain joku, joka on älykäs, vaan hän on myös mielisairas. Hänen valintansa käyttää prostituoituja kohteina ei ole alkuperäinen idea, mutta hänen nimenomaan valintansa prostituoituista, jotka eivät käytä kondomia, on."

"Ei kondomia?"

"Kondomia jatkuvasti käyttävän naisen emättimen tai peräaukon kanava eroaa paljon naisen, joka ei käytä sitä. Lihasjuovat ovat paljon tasaisempia ja kummankaan naisen emättimen lihakset osoittivat, että kumpikaan ei ollut viime aikoina harrastanut turvaseksiä."

"Joten he olivat paljaita asiantuntijoita."

Arbitag nyökkäsi, aktivoi veden uudelleen ja laski roskat viemäriin. "Julietalla oli HIV."

"Entä Tamara?"

"Klamydia."

"Onko se tarttuva?"

"Joo."

"Voiko sitä hoitaa?"

"Klamydiaa voidaan hoitaa, kyllä, mutta... no, tiedät HIV:stä."

"Joo." Clarice katsoi paksuun muovipussiin, Julietan kauniit piirteet vääristyivät paksusta materiaalista. "Joten molemmat naiset olivat saastuneita, mutta hän ei välittänyt."

"Ei. Löysimme siemennestettä ensimmäisen tytön kurkusta ja löysin sen Julietan suusta, kun pyyhkäisin sitä. Tyypit olivat samat."

"Mutta miksi hän ottaisi aikaa leikata naisen rinnat ja sitten hylätä ne? Tarkoitan, että viillosta on selvää, että hän käytti aikaa tehdäkseen hyvää työtä..."

"Ehkä häntä kiirehdittiin. Ehkä hän jätti ne sinne sinulle ja Acostalle ja tuo lapsi vain sattui heidän kimppuunsa. Kuka tietää? Tässä vaiheessa hänen syynsä jättää heidät ei ole tärkeintä."

"Ja pointti on?"

"Miksi hänen piti viipaloida naiset? Hän olisi voinut selviytyä heidän kanssaan vahingoittamatta heitä, mutta hänestä tuntui, että hänen täytyi silvota heidät. Miksi niin? Miksi kurkku ja miksi rinnat? Miksi hän valitsi naiset kuka ei käyttänyt kumia?"

"Hän teki lausunnon." Burton sanoi pehmeästi. "Lausto prostituoiduista, jotka eivät käytä kondomia. Huonolaatuisia prostituoituja, tartunnan saaneita ja jotka levittävät sairautensa asiakkaalle. Tämä on kuin Viiltäjä Jack..."

Sana, jonka Arbitag kuiskasi, oli vielä pehmeämpi. "Bingo." Välittömästi Burtonin aivot alkoivat toimia ja käänsi lapioista maata hänen hedelmällisten aivojensa puutarhassa etsiessään tietoa. Lääkäri tarkasti steriilin instrumenttialustan ja varmisti, että ne olivat valmiita seuraavaa sisääntuloa varten. "Ja millainen ihminen haluaisi kohdistaa tällaisiin naisiin?"

Taas etsivä pohti kysymystä miettien mahdollisia vastauksia. New York City oli tiheästi asuttu paikka kaikenlaisten ihmisten kanssa, jotka halusivat hiv-jezebelin pyyhkivän pois planeetan pinnalta. Arbitag liikkui hänen takanaan ja asetti yhden ja sitten toisen kuvan hänen eteensä. Ensimmäinen kuva oli Tamaran rikospaikalla ammuttu joukko. Yleisölaukaukset olivat tavallisia ja niitä vaadittiin jokaisesta kaupungissa toimivasta rikospaikasta. Tietäen, että useimmat murhaajat olivat psykologisia olentoja, oli aina mahdollisuus, että henkilö ilmestyi takaisin tapahtumapaikalle nauttimaan huomiosta samalla kun hän piilotti henkilöllisyytensä.

Claricen terävät silmät skannasivat toista valokuvaa, Julietan rikospaikalta ammuttua joukkoa, eivätkä löytäneet yhteyttä. Arbitag aisti hänen turhautumisensa ja otti takin taskustaan mustan Sharpien, teki kaksi ympyrää valokuvapaperille ja hymyili etsivän nojautuessa lähemmäksi.

"Pappi."

LUKU VI

Nainen oli kaunis. Hänen hiuksensa olivat maukkaan sävyiset mansikkablondit, tyylikkäästi muotoiltuja kiharat kasvojen ympärillä. Hänen kutsuva suunsa oli reunustettu punaisella ja hänen vaaleat rinnansa pullistuivat aivan pitsi-nallen reunojen alta, kiusaten häntä täyteläisillä, pisamioillaan. Hänellä oli särkyä hieroa sormellaan noita lumisia huippuja, mutta hän ei tuntenut häntä vielä tarpeeksi hyvin.

"Haluaisitko drinkin?"

Hän nyökkäsi kielteisesti ja siirtyi lähemmäs häntä sohvalla kääntäen kauniit kasvonsa hänen puoleensa. Hän otti vihjeen ja kumartui alas, otti hänen suunsa lempeään suudelmaan ja työnsi kielensä hänen suuhunsa. Hän oli niin alistuva ja hän rakasti sitä. Hän halusi olla mies, näyttää hänelle, että hän voi pitää hänestä huolta ja halusi hänen tietävän sen. Vieläkin suutelemalla häntä, hän kurkotti hänen puoleensa ja antoi kätensä koskettaa yhtä hänen rintojaan, hieroen hänen nännänsä sormiensa välissä.

"Pidät siitä, eikö niin?"

Hän liukastui tytön olkapäälle ja antoi sormiensa tasoittaa hänen pehmeää ihoaan. Hänen rintansa ponnahti ulos, nänni pehmeä ja vaaleanpunainen, ja hän kielsi sitä ja otti aikaa tunteakseen erilaiset tekstuurit. Hän vietti aikaa liikkuen edestakaisin näiden kahden välillä, mutta hänen tarpeensa oli liian suuri, eikä hän voinut taistella sitä vastaan enää. Kun hänen huulensa oppivat laakson hänen rintojensa välissä, hänen kätensä hiipi alas ja liittyi hänen kivikovaan kukkoonsa puristaen sitä ennen vetoketjun avaamista ja vapauttamista.

"Anna se vähän imeä, jooko?"

Hänen huulensa avautuivat ja hän painoi hänen päänsä alas, voihkien syvästi, kun hän otti hänen koko kuuden tuuman pituudeltaan suuhunsa ja antoi sen osua hänen kurkkunsa takaosaan. Hän oli niin hyvä. Hän ei koskaan saanut tarpeekseen hänen suunsa ja joustavasta kielensä pehmeästä, märästä lämmöstä. Hän hieroi sitä hänen kalunsa alaosaa vasten kohdentaen pientä hermokimppua aivan harjanteen eteläpuolella ja sai hänet vapisemaan.

"Joo, kulta. Just niin. Ota se. Ota se kaikki."

Hän halusi naida häntä, mutta kun hän alkoi imeä hänen kukkoaan, hän tiesi, ettei hän kestäisi. Hänen pieni kurkkunsa muodosti tyhjiön hänen sauvan ympärille ja kerralla hän puristi ja imi häntä samaan aikaan. Hän nojautui taaksepäin tuolissa pitäen kätensä naisen pään takaosassa, kun hänen lantionsa työntyivät ylöspäin, pakottaen hänen kukkonsa syvemmälle hänen ruokatorveaan.

"Voi, joo. Voi vittu, kulta, minä aion cum!"

Hänen huutonsa seurasi hänen kuristunut huutonsa ja hänen vartalonsa nykivät joka kerta, kun hänen jalat olivat jäykkiä ja suorina. Hän oli niin hyvä. Hän lypsäsi hänestä viimeisenkin pisaran, jättäen hänet heikoksi ja kylläiseksi, hymy hänen kasvoillaan. Koputus sappilan oveen pyyhki välittömästi hymyn pois ja hän hyppäsi jaloilleen.

"Pastari Perkins?"

"Tulen heti ulos."

Burton istuutui yhdelle penkistä ja katsoi Acostaa. "Mitä helvettiä hän tekee siellä?"

"En tiedä. Yksityisen siunauksen antaminen?"

Etsivä naurahti synkästi ja käänsi katseensa ympäri pientä kirkkoa. Hän ei ollut ollut kirkossa Angien kuoleman jälkeen. Hän ajatteli, ettei Jumalaa ollut, jos hän sallisi hänen kuolla sillä tavalla. Sappihuoneen ovi avautui ja pastori Henry Perkins käveli eteenpäin, univormunsa tahraton. Hän ojensi kätensä Acostalle ja kääntyi sitten hänen puoleensa, kun tämä nousi.

"Anteeksi, että joudut odottamaan. Tein tietokonetöitä."

"Tietokone kirkossa. Maailma menee eteenpäin."

"Aina, etsivä Burton. Teknologia ei rajoita sielun tarpeita." Perkins naurahti kuin tekisi yksityisen vitsin. "Kuinka voin olla avuksi?"

"Halusin kysyä sinulta muutaman kysymyksen. Etkö haittaa?"

"Ei lainkaan."

"Hyvä." Burton katseli ministerin kääntyvän hermostuneena pois hänestä, katsellen hänen kumppaninsa kävelevän alttarin ympärillä tutkien uskonsa pyhiä esineitä koulutetun poliisin teknisellä silmällä. "Huomasin, että olit Williamsin tapahtumapaikalla. Uskon, että rukoilit hänen puolestaan."

"Ai, kyllä." Perkins vastasi hänelle ja käänsi sitten huomionsa takaisin Acotaan. Mistä olet hermostunut, pastori? "Annoin hänelle viimeiset riitit."

"Mistä tiesit, että hän oli katolilainen?"

"En tehnyt. Annan viimeisiä riitoja kenelle tahansa, joka sitä tarvitsee, uskosta riippumatta."

"Vai sen puute?"

Pastori Perkins pudisti päätään. "Meille kaikille myönnetään synnit, jos pyydämme anteeksiantoa synneillemme. Miksi prostituoidun pitäisi olla erilainen?"

"Se on erittäin armollista sinulta, pastori Perkins. Siksikö tulit Friars-skenelle?"

Hän huomasi pienimmänkin yllätyksen vivahteen hänen kasvoillaan ennen kuin hän hillitsi itsensä. "Friars-kohtaus?"

Burton otti valokuvan kantamansa kansiosta ja näytti sen miehelle tarkkaillen hänen reaktiota. "Voi, kyllä. Olin matkalla rukouskokoukseen ja satuin näkemään sen. Annoin hänelle myös viimeiset riitit."

"Näen." Hän korvasi kuvan. "Oletko nähnyt jompaakumpaa tytöistä ennen heidän kuolemaansa?"

"N-Ei."

änkytys. Mistä olet niin hermostunut? "Oletko varma?"

"Kyllä, olen varma. Tietäisin sen." Perkins katsoi jälleen ympärilleen ja huomasi, että Acosta oli kadonnut. "Missä herra Acosta on?"

"Voi, hän on luultavasti jossain paikassa, todennäköisesti tupakoimassa."

"Anteeksi."

"Pastari Perkins, en ole valmis..."

Hyvä pastori suuntasi satiaan kuolleen juoksun jälkeen etsivä Burtonin perässä. Acosta oli sisällä pienessä huoneessa tutkimassa kehystettyjä todistuksia, joissa oli paneelit. Hän katsoi ylös hämmentyneenä, kun Perkins ryntäsi sisään.

"Kyllä herra?"

Perkinsin silmät käänsivät kohti nurkassa olevaa kaappia ja huomasivat, että ovet olivat kunnolla kiinni. "Uh, tämä on minun yksityinen toimistoni, etsivä. Olisin kiitollinen, jos tulisitte ulos."

Acostan silmät liittyivät Burtonin katseisiin ja hän kohautti olkiaan. "Ei ongelmaa."

Perkins sulki oven perässään ja kääntyi kahden etsivän puoleen. "Kuule, jos ei ole enää kysymyksiä, minun on valmistauduttava huomisen illan jumalanpalvelukseen."

Etsivä Burton kätteli. "Kiitos, pastori Perkins. Otamme sinuun yhteyttä, jos meillä on vielä kysyttävää."

Kaksi etsivää poistuivat nopeasti kirkosta ja suuntasivat kohti jalkakäytävälle pysäköityä Patricked Chevrolet -laitetta. "Pastorimme Perkins on mielenkiintoinen mies."

"Mikä saa sinut sanomaan noin?"

"Hänellä on ystävä kabinetissa. Realistinen kuminukke."

"Nukke?"

"Ei mikä tahansa nukke. Seksinukke." Acosta kalasti taskustaan muovipussin. "Suupalalla cum, voin lisätä."

"Pastari oli vitun nukke, kun koputimme."

"Näyttää siltä." Acosta hymyili. "Mitä sanot, että pysähdymme nopeasti ME:n toimistoon?"

LUKU VII

Yö levisi tasaisesti ympäri kaupunkia kuin tumma nokitahrat, mustenen horisontin ja peittäen tähdet, joiden hän tiesi olevan siellä. Ennen kuin he menivät naimisiin, Harry oli aina kommentoinut hänen silmiään sanoen, että hän näki niissä taivaan. Tänä iltana hän oli saapunut kotiin aikaisin ja löytänyt hänet etsimässä taivaita blondin ruumiista, jolla oli tekotissit. Yhdentoista vuoden avioliiton jälkeen hän ei ollut koskaan odottanut tätä. Hän uskoi onnelliseen elämään, prinssi Charmingiin ja hänen ihanaan prinsessainsa, ja hänen miehensä oli murskannut nuo unelmat yhdellä kakun vedolla.

Ja niin Carla Parker löysi itsensä heidän yhteisönsä paikallisesta juomapaikasta ihailijoiden ympäröimänä, jotka ostivat hänelle juoman toisensa jälkeen, ampui toisensa jälkeen ja ylittivät rajansa. Hän ei tiennyt, milloin hän ylitti tuon rajan; hän tiesi vain, että hän oli lakannut välittämästä pettävästä miehestään. Hän oli kuin vieras esine juuttunut hänen kengän kulutuspintaan, ja hän vaivattomasti repi hänet ulos ja heitti syrjään.

"Anteeksi." Se oli hänen äänensä, joka viiltoi alkoholismin usvin läpi: kohtelias ja herrasmies. "Saanko ostaa sinulle kahvia?"

Sävy ja itku nousivat hänen äkillisestä saapumisestaan paikalle. "Hei kuka sinä olet?" "Näimme hänet ensin." "Mene vittuun, vitun englantilainen paskiainen!"

Hän ei huomioinut niitä ja kääntyi miehen puoleen hymyillen humalassa. "Kyllä kiitos." Hän tarttui hänen käteensä ja auttoi hänet alas baarijakkaralta ja otti hänet kauniisti kiinni, kun hänen kantapäänsä tarttui puolaseen ja nosti hänet eteenpäin. Muut nauroivat hänen juovuudelle, mutta hän ei. Hän nosti hänet jaloilleen ja auttoi hänet tuolille, sitten lusikalla syötti hänelle kermallista ja sokeroitua kahvia, kunnes hän saattoi nostaa kupin huulilleen.

"Paremmin?"

"Kyllä, paljon. Kiitos." Kahvi pyyhki osan hämäryydestä pois ja hän hymyili komealle muukalaiselle. "Kiitos, että pelastit minut."

"Ei tarvitse kiittää." Hänen hymynsä oli lämmin ja helppo. "Kuule, asuntoni ei ole kaukana täältä. Miksi emme menisi sinne? Voin keittää sinulle lisää kahvia."

"Se kuulostaa hyvältä. Anna minun käyttää kylpyhuonetta ensin."

Kun hän oli poissa, hän joi kahvinsa ja odotti kärsivällisesti hänen ilmestyvän, huomatessaan, että muut miehet katsoivat innokkaasti. Hän tuli ulos ja kuivasi kätensä paperipyyhkeelle, ja mies, joka oli kutsunut häntä "englannin paskiaiseksi", asettui hänen päälleen. Hän ei tiennyt, mitä häneen tuli, mutta muutamassa sekunnissa hän oli entisen itsensä muriseva varjo, joka laukaisi miestä kohti ja iski hänet lattialle. Muut miehet, jotka olivat jutelleet hänen kanssaan, liittyivät tappeluun, ja ennen pitkää baarimikko kutsui kuumeisesti poliisia, kun tuolit ja pullot lensivät ja verta vuoti.

Melkein kolmekymmentäviisi minuuttia myöhemmin Burton sai puhelun Stevensiltä. "Se on tappelu baarissa nimeltä Sin City."

"Olen kuullut siitä ennenkin. Miksi soitat minulle tappelun takia?"

"Haluat puhua uhrin kanssa, Carla Parker. Hän sanoo, että hän oli lähdössä miehen kanssa, kun tappelu syttyi. Englantilainen."

"Olen tulossa."

Kun hän saapui, baarimikko toivotti hyvää yötä viimeisille vierailijoille eikä ollut iloinen nähdessään hänet. Nainen istui kopissa, juoma tärisevässä kädessään ja hiuksensa epäselvässä pilvessä päänsä ympärillä.

Stevens odotti häntä katsellen hänen puseronsa matalaa etuosaa. "Hänen nimensä on Carla Parker. Hän löysi miehensä sängystä toisen naisen kanssa ja päätti hukuttaa vihansa. Näyttää siltä, että hän joutui hieman liian syvälle kuppeihin ja kiinnitti useiden miesten huomion, jotka pitivät häntä "mahdollisuutena".

"Tyhmä kusipää." Burton mutisi. "Miksi hän ei vain heittänyt häntä ulos?"

"En tiedä." Hän pysähtyi kopin viereen. "Rouva Parker, tässä on etsivä Burton."

Parker katsoi ylös, hänen silmänsä painuneet ja punaiset. Hän alkoi puhua, mutta hänen kasvonsa murentuivat ja hän nieli osan alkoholista uusien kyynelten lupausta vastaan. Stevens perääntyi ja Burton istuutui, kurkotti poikki ja taputti naisen kättä.

"Kerro minulle hänestä, rouva Parker."

"Hän vaikutti mukavalta, herrasmieheltä."

"Mistä tiesit, että hän oli herrasmies?"

"Hänellä oli englantilainen aksentti."

Burton katsoi Stevensiin ja hymyili rohkaisevasti. "Niitä on vähän ja kaukana. Herrat, tarkoitan." Parker nyökkäsi ja otti toisen drinkin. "Mikä muu sai sinut ajattelemaan, että hän oli herrasmies?"

"Hän tarjosi minulle kahvia, kun muut lout halusivat minun juovan enemmän. Hän ei halunnut käyttää minua hyväkseen kuten muut."

"Se oli mukavaa hänestä. Niin mukavaa oudolta mieheltä, että tuli avuksesi, eikö niin?" Etsivän sanat saivat Parkerin tuntemaan olonsa epämukavaksi, mutta hän ei sanonut mitään. "Sanoitko, että aiot lähteä hänen kanssaan?"

"Kyllä, hän kutsui minut asuntoonsa. Aioimme juoda kahvia."

"Näen." Burton katsoi naista. "Voitko antaa minulle kuvauksen hänestä?"

"Pitkä, tummahiuksinen, parta, ruskeat silmät."

"Voitko tunnistaa hänet, jos näkisit hänet uudelleen?"

"Joo." Parker vilkaisi ympärilleen muita upseereita, hänen uteliaisuutensa yhtäkkiä heräsi. "Miksi olet niin kiinnostunut miehestä, joka aloitti tappelun?"

"Koska, rouva Parker, olette onnekas, että olette elossa. Englantilainen herrasmiehenne murhasi kaksi naista, joista tiedämme, ja olet ehkä kolmas."

LUKU VIII

Fury hallitsi hänen suoniaan. Hän ei voinut ajatella kipua, joka puukotti hänen kallonsa läpi, ja vihaa, joka keitti hänen verensä. Hänellä oli hänet. Hän söi hänen käsistään, ja pian hän olisi vuotanut verta hänen veitsensä terästä. Vitun kusipää! Hän taputti otsaansa kävellessään takaisin baarin eteen, koska hän ei voinut auttaa itseään palaamasta paikalle. Ja siellä hän oli, se kusipää etsivä televisiosta, istumassa naista vastapäätä. Hän voisi silti saada hänet. Nyt löytää tapa tehdä se...

Burtonin kännykkä soi ja hän käynnisti sen poistuessaan kopista. "Burton."

"Hei, se on Acosta."

"Missä olet ollut? Olen yrittänyt soittaa sinulle viisi kertaa!"

"Olen ollut täällä laboratoriossa. Käsitte minun odotta tuloksia, muistatko?"

"Joo, mutta et voi vastata puhelimeen?"

"Olen saanut teknisen selityksen DNA:sta viimeisen kahden tunnin ajan, Clarence. Aivoni ovat ylikuormittuneet."

Burton nauroi. "No mitä uutisia sinulla on minulle?"

"Se on sattumaa."

"Vitsailetko?"

"Ei. Papin siemenneste on sattumaa. Olen matkalla tuomarin taloon saamaan pidätysmääräyksen kuntoon."

Burton sulatti tiedot kääntyessään katsomaan Carla Parkeria. Jokin oli vialla, mutta hän ei tiennyt mikä se oli.

"Haluatko tavata minut tuomari Andersonin luona?"

"Ei, se ei ole välttämätöntä. Voin hoitaa asiat tässä vaiheessa. Soitan sinulle, kun saan asiat kuntoon ja tapaamme hänet vastaan."

"Selvä. Hyvää työtä, Acosta."

"Kiitos, Clarence. Nähdään myöhemmin."

Hän sulki puhelimensa ja katsoi takaisin naiseen. Mitä se oli? Mikä häntä vaivasi? Burton kohautti olkapäitään ja suuntasi sinne, missä Stevens seisoi.

"Meillä on kaveri."

"Mitä, tämän illan kaveri?"

"Ei. Tappaja. Kerron siitä sinulle myöhemmin. Juuri nyt meidän on saatava rouva Parker kotiin ja poistumaan täältä."

"Okei."

Parker katsoi ylös tullessaan. "Saitko hänet kiinni?"

"Ei, mutta saimme tappajan kiinni, joten voit vapaasti mennä."

"Etkö usko, että hän on tappaja?"

"Ei. Meillä on kiistattomia todisteita, jotka osoittavat, ettei hän ole, joten sinä olet turvassa."

Carlan silmät täyttyivät kyynelistä. "Luojan kiitos."

"Etsivä Stevens varmistaa, että pääset kotiin turvallisesti."

"Se ei ole välttämätöntä. En mene kotiin. Menen vain tien varrella olevaan hotelliin."

"Silti etsivä voi tarjota kyydin hotellille."

Parker seisoi, lopetti juomansa ja keräsi kukkaronsa. "Kiitos vain, mutta aion kävellä. Tarvitsen raitista ilmaa, jos tiedät mitä tarkoitan."

"Rouva Parker, minun ei tarvitse kertoa teille, että on vaarallista kävellä tähän aikaan yöstä."

"Olen varovainen." Hän kompastui ovelle ja suoriutui tarttuessaan ovenkahvaan. "Kiitos avusta."

Etsivät katselivat hänen lähtevän, molemmat pudistaen päätään hänen typeryydestään. Stevens taputti Burtonia selkään. "Ei ole sinun syytäsi, Clarence. Hän on aikuinen nainen."

"Emmekö voisi pidättää häntä humalassa ja häiriköinnissä?"

"Ei oikeastaan. Se joko hylättäisiin teknisen syyn vuoksi tai meidät haastatettaisiin oikeuteen." Hän virnisti. "Tai tietäen meidän onnemme, molemmat."

Hän nauroi nyökkään. "Olet oikeassa. No, lähdetään liikkeelle, niin minä kerron sinulle papista matkalla."

* * *

Carla hyrähti kävellessään kadulla. Hän rakasti New Yorkia tähän aikaan yöstä. Viemäristä nouseva höyry, neonkylttien heijastukset tummissa hopeisissa lätäköissä, kärsimättömien kuljettajien äänet ja pakokaasun haju yhdessä tekevät kaupungista taianomaisen paikan auringon vetäytyessä taivaalta. Myös päihtymys ei poistanut kokemusta. Se korosti kaikkea ja hän tunsi olonsa varmasti "korostuneeksi".

Vittu Harry! Hän nauroi ja hyppäsi iloisesti muistaen huomion, jonka hän oli saanut tänä iltana. Näetkö, Harry? Et ole ainoa, joka voi saada jonkun muun! Kun hän lähestyi kulmaa, hän näki miehen seisovan siinä, hymy kasvoillaan ja hän juoksi yli heittäen itsensä hänen syliinsä. "Minne sinä katosit?"

"Lähdin takaovesta. En ole suuri taistelija."

Hän kosketti hänen oikean ohimonsa pullistumaa, ja hän nykisi. "Voi, olen pahoillani."

"Haluatko vielä sitä kahvia?"

Hän huomasi kimalteen hänen silmissään ja hymyili. "Tarkoitatko asunnossasi?"

"Joo."

"Ei. Mutta minä juon drinkin."

"Selvä. Mennään."

Hän antoi hänen näyttää tietä, kompastuen ja kikattaessa, kun hän ohjasi heitä kaduilla ja kujilla. Lopulta hän pysähtyi pimeällä kujalla, työnsi hänet seinää vasten ja suuteli hänen kaulaansa. "Toivottavasti et välitä pikajuoksusta. Olet niin kaunis, etten voi olla itselleni."

"Ei." Hän sanoi hengästyneenä. "En välitä." Hänen karkeat huulensa saivat hänet hulluksi, nipisivät hänen herkkää kaulalihaansa ja saivat hänet vapisemaan. Kun hänen kätensä siirtyivät alas hänen vyötärölleen ja vetivät hänen mekkonsa helmaa ylös, hän ei vastustanut. Hänen ruumiinsa oli nälkäinen, nälkäinen miehen huomiosta, joka ilmeisesti nautti hänen seurastaan. Haista vittu, Harry. Hänen sormensa repivät pikkuhousut hänen vartalostaan ja hän avasi jalkansa odottaen. "Kyllä." Hän kuiskasi, hänen pillunsa kihelmöi. "Haista minua."

Sanat päättyivät kuristettuun huudahdukseen, hänen ruumiinsa lyötynä erittäin suuriin ompelijan saksiin, jotka hän oli työntänyt hänen emättimeen. Sakeaa ja lämmintä veri peitti hänen kätensä ja hän pysähtyi haistaakseen sitä ennen kuin työnsi särkevän kukkonsa sen sykkiviin virtauksiin. Hän yritti kynsiä häntä, mutta hän piti helposti hänen ranteitaan toisella kädellä, kun taas toinen piti hänen lantiotaan lähellä. Pian hänen kamppailunsa heikkenivät, hänen silmänsä värisivät ja hän työntyi häneen rajusti, hänen samettinen lämmin veri voiteli hänen kanavaansa.

Kun Carla Parker hengitti viimeisen henkäyksensä, hän räjähti häneen, hänen kalunsa paksuuntui jokaisella imeytyspulssilla, joka roiskui hänen sisäpuolelleen ja sekoittui rikkaaseen vereen. Se oli parasta tähän mennessä, hän ajatteli, päästäen kukkonsa liukumaan ulos naisesta ja pyyhkiä pois osan verestä hänen mekkonsa avulla. Jätän nyt viestin tuolle naisetsivälle: viestin, joka kertoisi hänelle, ettei hänen kanssaan pidä vähätellä.

Viesti, jossa kerrotaan, että hän on seuraava.

LUKU IX

Pastori Perkins näytti varsin hämmästyneeltä, kun pieni armeija New Yorkin hienoimpia ilmaantui kirkon ovelle. Pidätys sujui ongelmitta, ja Burton, Acosta ja Stevens jäivät muiden poliisien kanssa etsimään tiloista lisätodisteita.

"Clarence!" Acostan soitto sai hänet juoksemaan ja hän meni Stevensin kanssa sappiin ja suuntasi ministerin pieneen asuntoon. Hänen kumppaninsa seisoi huoneen toisella puolella ja osoitti kaapin pohjaa; sama kaappi, jossa oli Perkinsin kuminen seksinukke. Oven alta virtasi tasaisesti tummaa nestettä, joka virtasi puroina sementtilattian poikki ja imeytyi pieneen, rappeutuneeseen mattoon.

Stevens lähestyi ovea tarttuen nenäliinallaan yhteen ovenkahvasta ja veti sen hitaasti auki. Sisällä, kumivartalon vieressä, oli naisen vartalo, näky, joka sai haukkumaan kaikki läsnäolijat.

"Jeesus Kristus! Se on Carla Parker!"

Burton astui lähemmäs, hänen silmänsä kiinnittyivät naisen kasvoihin. Hänen ilmeensä oli autioitunutta, henkensä luopumista, ja se ravisteli etsivää hänen sielunsa pohjaan asti. Hänen katseensa... "Clarence. Clarence, oletko kunnossa?"

"J-Kyllä." Hän palasi ammattimaiseen tilaan, edelleen järkyttyneenä. "Voin hyvin."

Acosta nousi hänen taakseen, hänen äänensä oli matala ja ujo. "Clarice, hän näyttää sinulta." Ensimmäistä kertaa etsivä Burton tuijotti ruumista, todella tuijotti. Carla Parker oli brunette, mutta hänen hiuksensa olivat vaaleat. Peruukki oli asetettu hänen päähänsä. "Ja katso, hänen rintaansa." Carla Parkerin rintojen rasvakudoksen läpi oli kiinnitetty poliisin tunnus. Hänen tunnusnumeronsa 5803 oli kirjoitettu antiseptiseen teippiin ja kiinnitetty siihen. Stevens ja Acosta tuijottivat häntä pitkän hetken, kumpikaan ei halunnut kommentoida.

"Se oli hän."

"Mitä?" Acosta huusi.

"Se oli hän. Meidän englantilainen."

"Mitä sinä tarkoitat? Kuinka hän saattoi olla, kun meillä on todisteita Perkinsistä?"

"En tiedä kuinka selittää sitä, Stevens. Tiedän vain sen. Tämä on viesti minulle."

"Miksi sinulle?"

"Hänen on täytynyt tulla takaisin baariin. Hän on täytynyt nähdä minut hänen kanssaan ja päättänyt, että pidän hänet häneltä." Burton ei voinut irrottaa silmiään Carla Parkerin tyhjistä silmistä. "Hän kertoo minulle, että hän tulee luokseni seuraavana."

"Mutta entä pastori Perkins?"

"Hän on syytön."

Acosta liikkui hänen edessään. "Mitä sinä teet? Meillä on tämä paskapää kuollut oikeuksiinsa!"

"Onko me?"

Hän katsoi Stevensiin, joka myös tuijotti häntä. "Mitä helvettiä tämä on?"

"Tämä on punainen silli, joka on lavastettu meidän hyödyksemme ja Perkinsin syytteeseen. Perkins ei ole tappaja." Hän kääntyi poistuakseen huoneesta heittäen sanoja olkapäänsä yli: "Hän on siellä odottamassa minua."

* * *

Hän laittoi kaksi neljäsosaa koneeseen ja pujasi sanomalehden kainalonsa alle. Hänen asuntonsa oli vain muutaman korttelin päässä, ja tämä oli välttämätön osa hänen jokapäiväistä rutiinia, hänen tapaansa ylläpitää yhteyttä todelliseen maailmaan. Hän katsoi kelloaan ja kiihdytti vauhtiaan. Melkein kuusi. Uutisten aika. On aika selvittää, saiko tuo etsivä viestinsä.

Breaking News -lähetys alkoi klo 5.59, ja hän asettui lepotuoliinsa, sanomalehti sylissä ja olut kädessään. "Hyvää iltaa. Aloitamme tuoreilla uutisilla St. Peter'sistä Lower East Sidesta. Pastori Henry Perkins on pidätetty Tamara Williamsin, Julieta Friarin ja viimeisimmän uhrin, 38-vuotiaan vastaanottovirkailijan Carla Parkerin murhasta.

Rouva Parker oli ollut osallisena tappelussa aiemmin Sin City Barissa, mutta onnistui pakenemaan ilman vammoja. Kun poliisi oli lähtenyt, rouva Parker lähti omin päin, vaikka poliisi tarjosi hänelle kuljetusta ja hänet pahoinpideltiin ja murhattiin Canal Streetillä."

Hän kuunteli tarkkaavaisesti lähetystoiminnan harjoittajaa, punnitsi jokaista sanaa ja etsi vilauksen tuosta nartusta, etsivä Burtonista. Hän pohti, olisiko hän tarpeeksi rohkea kohtaamaan hänet. Lopulta. Mitä hän oli odottanut. Isotiainen narttupoliisi tuli ruudulle.

"Voitko kertoa meille lisää tästä tutkimuksesta?"

Naisen silmät poistuivat naistoimittajan kasvoista ja kääntyivät kameran linssiin. "Tutkinta ei ole päättynyt. Olemme pidättäneet kiinnostuksen kohteena olevan henkilön, mutta en henkilökohtaisesti usko, että hän on tekijä. Uskon, että hän on edelleen siellä ja odottaa iskuaan uudelleen."

Burton tuijotti kameraan jättämättä huomiotta hänen takanaan seisovan Stevensin vihaiset kuiskaukset. "Sain viestisi. Odotan sinua."

Toimittaja kääntyi pois hänestä lopettaakseen lähetysosan, ja Stevens tarttui häneen olkapäistä pyöritellen häntä. "Mitä helvettiä sinä teet?"

"Yritetään löytää murhaaja, John. Aika pelata hänen peliään."

LUKU X

Clarice Burton seisoi peilin edessä ja tarkasti heijastuksensa. Hän piilotti naisellisuutensa vuosien ajan univormunsa alle merkin taakse, joka rinnasti hänet kaikkiin niihin, jotka joutuisivat hänen uhrikseen tuon naiseuden nimissä. Ja se oli kunnossa. Hän liikkui osaston piireissä, näennäisesti tietämättä kuiskauksista, jotka seurasivat häntä tullessaan ryhmähuoneeseen, mutta aina tuskallisen tietoisena siitä, että vaikka kuinka hän yritti, hänet nähtäisiin aina punatukkaisena tytönä, jolla on suuret tissit.

Askel etsiväksi oli ollut pakkomielle. Hän työskenteli perseensä, luki ja opiskeli, kun kaverit olivat pokerissa tai pelasivat pokeria ja kova työ kannatti. Hän joutui poistumaan toimiston roskista ja nousemaan etsivien roskat. Hänen luontainen kykynsä haistaa todisteita piti hänen päänsä ja olkapäänsä väkijoukon yläpuolella, ja melko pian hänet nostettiin esiin hänen poikkeuksellisista kyvyistään. Nyt hän pystyi hallitsemaan omaa tapaansa ja oli onnekas saadessaan liittyä Acostan kumppanikseen. Hän oli edelleen yksi väestöstä, joka vihasi naisten tulvaa etsivien riveissä, mutta hän piti suunsa kiinni ja teki työnsä.

Hän ei tunnistanut itseään. Tämä henkilö, joka seisoi peilin edessä... tämä oli ollut henkilö, joka hän oli ollut kaikki ne vuodet sitten. Angien äiti. Nainen, joka nautti naisena olemisesta. Nainen, joka nautti kosketuksesta ja suudelmasta. Nainen, joka nautti miehen vartalosta omansa rinnalla, ja hänestä tuli puuvillalakanoiden kuiskauksen alla. Pelkästään oman kaarevan vartalonsa näkeminen mekossa sai hänet yhtäkkiä kaipaamaan toisen kosketuksen läheisyyttä ja hän huomasi kysyneensä, miksi hän todella teki tämän. Halusiko hän saada tappajan kiinni vai kokea seksiä?

Hallin kello soi keskiyöllä ja hän seisoi järkyttyneenä laudan edessä sydämensä hakkaamassa korvissaan. Hänen silmänsä vaelsivat kasvoilla pysähtyen muutamaksi sekunniksi osoittaakseen kunnioitusta heille. Hän teki tämän heidän puolestaan, jokaiselle niistä köyhistä sieluista, jotka olivat menettäneet henkensä englantilaisen kaltaisille ihmisille. Ottaessaan hänet kiinni hän antaisi heille jonkin verran rauhaa ja ehkä myös itselleen. Oli aika lähteä. Anna minulle voimaa.

Hän lukitsi oven ja tarkasti, että hänen rintamerkkinsä ja aseensa olivat hänen käsilaukussaan, ja liukastui merkitsemättömään autoon, jonka hän oli tuonut kotiin. Hänen kyyneleensä nousivat heti, mutta hänellä ei ollut aikaa kalastaa asetta laukustaan. Hän laittoi rauhallisesti, kovasti avaimen virtalukkoon ja sanoi: "Hei, Jack."

"Hei, etsivä Burton." Hän nousi istumaan takapenkillä pitäen aseen piipun painettuna naisen pään takaosaan ja varmistaen pysyvänsä varjoissa. "Näytät ihanalta tänä iltana."

Hänen silmänsä liittyivät hänen katseisiinsa taustapeilissä. "Pukeuduin näin sinua varten."

"Niinkö todella?" Hänen käheä äänensä saattoi väreet hänen läpi. "Sanotko, että haluat leikkiä kanssani?"

"Kyllä, Jack. Haluan leikkiä kanssasi."

Hän liikkui niin lähelle, että hän tunsi hänen kuuman hengityksensä kaulallaan. "Tiedät mitä se tarkoittaa?"

Clarice tunsi vapisevan alun syvällä vatsassaan eikä voinut tehdä mitään estääkseen sen. Hän tiesi tarkalleen, mitä hän tarkoitti, ja jos hän ei voittaisi tätä peliä, seurauksena olisi hänen kuolemansa. "Kyllä", hän sanoi pehmeästi. "Tiedän mitä se tarkoittaa."

"Sinä saatat olla paras mestariteokseni tähän mennessä, Clarice. Niin rohkea nainen kohtaamaan kuoleman."

"Et tapa minua, Jack."

"En aio?"

"Sinä mieluummin nait minua."

Hänen kätensä puristui yhtäkkiä naisen kurkkuun ja vei ilman hänen keuhkoistaan. "Voin tehdä molempia, etsivä. Älä provosoi minua. Et ehkä pidä kokemusta jännittävänä, jos teet niin."

Hän halusi vastata, mutta hänellä ei ollut henkeä tehdä niin. Sen sijaan hän nyökkäsi ja hänen kätensä poistui yhtä nopeasti kuin näytti ja hän haukkoi henkeään. "Olen pahoillani, Jack. En tarkoittanut saada sinua vihaiseksi. Annoin vain tietää, että tarjouduin täysin ja täydellisesti iloksesi."

"Sinun ei tarvitse tarjota. Otan mitä haluan."

Hänen mielensä yritti toimia nopeasti. Hän oli nyt vihainen, mitä hän ei ollut halunnut. "Olen pahoillani, Jack."

Hän istui takaisin. "Sillä tavalla minä pidän naisesta. Alistuva. Tiedätkö paikkasi, etsivä Burton?"

"Joo." Hän vastasi epäröimättä. "Minun paikkani on allasi."

Hän hymyili pimeydessä, hänen kukkonsa kovettuaan hänen vastauksensa. Tästä tulee varmasti hänen elämänsä paras ilta. "Olet niin oikeassa, etsivä. Käynnistä nyt auto ja kerron sinulle minne mennä."

Etsivä Clarice Burton käynnisti hänen kätensä täristen, käynnisti auton, pudotti sen ajoon ja suuntasi pimeyteen tietämättä palaisiko hän kotiin elävänä.

LUKU XI

Hän ei tiennyt kuinka hän teki sen, mutta jotenkin hän onnistui ohjaamaan autoa hänen antamiensa ohjeiden mukaan. Muutaman kerran, kun poliisiautot kulkivat ohi, hän ajatteli antaa heille merkin ja ihmetteli, mitä Acosta ja Stevens ajattelivat, olivatko he palanneet hänen luokseen etsimään häntä, kun hän ei ilmestynyt paikalle. Toivottavasti he etsivät häntä juuri nyt, mutta hän ei toivonut, että he löytäisivät häntä. Ohjeet, jotka Jack oli antanut hänelle, johtivat heidät pois kaupungista, sen ulottuvuuden ulkopuolelle, jota etsivät etsivät, ja jotenkin hän tiesi, että hän oli tietoinen siitä. Lopulta hän ohjasi hänet ajotielle ja käski pysäköidä auton.

"Olemme täällä, kallisarvoinen." Hänen sorainen äänensä puhalsi hänen korvaansa, kun hän sammutti moottorin. "Miksi emme menisi sisälle, missä on lämpimämpää?"

"Okei." Hän kurkotti ovenkahvaan, mutta hänen olkapäällään oleva käsi pysäytti hänet.

"Odota. Sito ensin silmät. Sulje silmäsi."

Hän teki kuten hän pyysi, vapisten kovemmin kuultuaan auton takaoven avautuvan. Vaihto autossa varoitti hänet tosiasiasta, että hän oli poistunut takapenkiltä ja viileä ilma pyyhkäisi hänen poikki, kun hän avasi hänen ovensa. Hänen kasvoilleen asetettiin pehmeä kangaspala silmäkuppeineen, ja kun hän avasi silmänsä, hän ei nähnyt mitään. Hänen kätensä peitti hänen kätensä ja hän vapisi hänen karheasta ihostaan.

"Valmiina, etsivä?"

Burton ei luottanut hänen ääneensä, hän oli niin peloissaan, että hän vain nyökkäsi ja luovutti kokonaan hallinnastaan. Hän oli tunnoton; hän ei voinut tuntea mitään paitsi sitä, missä hänen kätensä kosketti hänen kätensä ja jokainen askel lähetti iskuja hänen ruumiinsa läpi, ja se sai hänet jatkuvasti todellisuuteen. Hän aisti nousun polulla, sitten askelia, sitten pitkän käytävän astuttuaan sisään etuovesta. Heidän liikkeensä eteenpäin hidastui ja hän tunsi, että häntä ohjattiin jonkin ympäri ja työnnettiin sitten varovasti taaksepäin. Kun hän pomppii, hän tiesi istuvansa sängyllä ja hänen sydämensä hyppäsi kurkkuun.

"Tervetuloa kotiini, etsivä."

"Kiitos. Voinko ottaa sidoksen pois?"

"Ei. Haluan sinun pitävän ne päällä, kunnes päätän kuinka tämä ilta päättyy."

"Ymmärrän kyllä."

Burton yritti hengittää syvään toivoen, että se auttaisi pitämään hänen pelkonsa loitolla, mutta hän tiesi, että hän voisi kertoa, että hän oli kivettynyt. "Olet erilainen kuin luulin." Hän aloitti, kätensä tasoittaen hänen olkapäitään. "Odotin kovaa naista, mutta sinä olet kaikkea muuta kuin kova."

"Miksi ajattelit minun olevan kova?" Hän vihasi vapinaa äänessään, mutta hänen käsiensä lämpö mekon ohuen kankaan läpi tunkeutui häneen.

Ja hän tiesi sen. "Sinun täytyy olla vaikea ollaksesi murhatetsivä." Hänen kätensä liikkuivat alas hänen käsivarsilleen nostaen kananlihaa heidän jälkeensä. "Milloin viimeksi joku mies kosketti sinua näin?" Kun hän ei vastannut, hän jatkoi kumartuen hänen korvansa viereen. "Milloin viimeksi joku mies sanoi sinulle, että olet upea?" Hänen sormensa liikkuivat alas, harjaten hänen nännejään, mikä sai hänet haukkomaan henkeään. "Milloin viimeksi mies pani sinulle hyvän, kovan vitun?"

Clarice ei voinut puhua. Milloin hänellä oli viimeksi hyvä, kova vittu? Unohda vittu, milloin häntä oli viimeksi suudella? Se, että hän ei osannut vastata, oli selvä merkki. "Pitkä aika." Hän vastasi pehmeästi.

"Kaunis nainen kuten sinä?" Hän siirtyi lähemmäs. "Olen varma, että siellä on satoja miehiä, jotka haluavat sinut, joten miksi olet yksin?"

"Olen poliisi. Minulla ei ole aikaa..."

"Parisuhteisiin?" Hän nauroi. "Kuulin sen ennenkin. Kauniilla naisilla ei koskaan ollut aikaa minulle, varsinkaan niillä huorilla." Hänen kätensä hyväili hänen rintojaan, kupitellen niitä ja kiertäen hänen nännejään kankaan läpi. "Ota mekkosi pois."

Hän alkoi sanoa jotain, mutta muutti mielensä. Hitaasti hän nousi seisomaan, irrotti mekon riimuosan ja antoi sen pudota rinnoistaan. Hän oli työntämässä loput mekosta alas, kun hänen huulensa hyökkäsivät hänen nännensä kimppuun nuoleen ja imeen niitä, kunnes ne nousivat tuskallisiin pisteisiin. Clarice haukkoi henkeään ja rakasti jokaista nuolemista ja imemistä, joita hän antoi hänelle. Tuntui niin hyvältä olla ihastunut, että hän unohti vaaran ja ajatteli vain hänen kuumia käsiään vartalollaan.

"Haluan naida sinua, etsivä. Oletko valmis pelaamaan peliäni?"

Hänen vartalonsa vapisi hänen huomiostaan, ja hän työnsi mekkonsa koko matkan alas ja työnsi olkapäänsä ulos. "Kyllä, Jack. Leikitään.

LUKU XII

Burton oli edelleen peloissaan. Hän seisoi alasti ja silmät sidottuina odottaen hänen käskyään, niin kuin vain innokas orja voi. Jokainen hermo oli lopussa. Jokainen hius oli pystyssä. Jokainen hänen säikeensä vapisi, jokainen pala odotti hänen sanaansa.

"Pelaan karkeaa, etsivä. Pystytkö käsittelemään sitä?"

"Käyn paljon enemmän kuin luulet, Jack."

"Todella?" Ohut leikkisän epäuskon sävy värjäsi hänen sanansa ja hän puri hampaitaan hänen läpi valtaavan pelon vapinaa vastaan. Hän hengitti tarkoituksella hänen niskaansa vasten, lämpö sai hänet tärisemään. "Voin ajatella monia asioita kauniille vartalollesi."

"Lyö vetoa, että voit." Hän sanoi pehmeästi. "Mutta miksi et anna minun palvella sinua?"

"Miksi? Se on huoran työtä." Hänen sävynsä muuttui leikkisästä vihaiseksi sekunneissa, mikä pelotti häntä. "Pitäisikö minun kohdella sinua kuin niitä huoria?"

"Ei." Burton sanoi nopeasti. "Olen pahoillani, Jack." Hän vajosi polvilleen ja laski leukansa rintaansa vasten. "Ole hyvä ja hyväksy anteeksipyyntöni."

"Hyväksyn anteeksipyyntösi." Hän tunsi hänen saappaansa selässään työntäen häntä eteenpäin rintaansa vasten. "Mutta jos se toistuu, tapan sinut. Ymmärrätkö?"

"Kyllä, Jack."

"Hyvä. Vihaan naisia, jotka luulevat voivansa ajatella minua enemmän. Sitä ei voida tehdä."

"Kyllä, Jack."

"Nuu saappaani." Clarice nojautui alas tietäen, että hänen jalkansa oli hänen kasvojensa alla, ja työnsi kielensä ulos maistaen tien lian ja suolan yhdistelmää. Maku oli kauhea, mutta hän yritti olla näyttämättä sitä, koska hän oli varma, että hän katsoi. "Hyvä. Nouse nyt ylös."

Hän seisoi hitaasti, hänen vartalonsa vapisi edelleen. Vaikka hänen kätensä kiertävät hänen vartaloaan kohdentaen hänen raskaita rintojaan, hän tiesi, että hänen kosketuksen lempeys oli valhetta. Nautinnollinen hyväily muuttui tuskan litaniaksi, hänen huutonsa Patricked. Hänen sormensa puristivat hänen herkkää rintalihaansa niin lujasti, että hän tiesi saavansa mustelmia melkein välittömästi. Hän taisteli halusta taistella hänet pois; hän tiesi, että se oli mitä hän halusi. Sitten kidutus pahenee. Hänen sormensa löysivät uusia kohteita ja Burton melkein pyörtyi nännensä vääntymisen aiheuttamasta kivusta.

Yhtäkkiä hän pysähtyi ja päästi kuuman hengityksensä valumaan hänen kaulalleen. "Olet aika kova, etsivä." Hän ei puhunut, koska hän yritti kovasti olla itkemättä, mutta hän tiesi, että hän tiesi joka tapauksessa. Hän tarttui hänen käteensä ja johdatti hänet pitkää käytävää pitkin ja auttoi sitten alas portaita. "Katsotaan kuinka pidät tästä."

Sillä hetkellä, kun hän tunsi liukkaan nahkanauhan ranteessaan, hän tiesi olevansa vaikeuksissa. Hän yritti taistella, mutta hän oli paljon vahvempi, pakotti hänet kehykseen kiinnittäen ensin yhden ranteen, sitten toisen. Hän yritti potkia häntä, mutta tämä tarttui hänen jalkaansa ja puristi sen helposti nahkapuristimeen ja sovitti myös toisen nilkan yhteen. Nyt hän oli täysin hänen armoilla.

"Sinä olit niin hyvä tyttö, etsivä. On sääli, että sinua täytyy rangaista."

"Ei!" Burton väänteli käsiään yrittäen löytää jotain nahkaa, mutta ei löytänyt yhtään. Kehys liikkui ja kääntyi kääntäen häntä niin, että hän roikkui eteenpäin ja röyhkeä napsahdus hänen takanaan syötti hänen pahimpiin pelkoihinsa.

"Joo!"

Piiska tarttui hänen selkäänsä keskelle ja hän haukkoi henkeään viipaloivasta kivusta, joka riehui hänen ruumiinsa läpi. Ripsi putosi yhä uudestaan ja uudestaan, joka kerta sai hänet huutamaan, mutta se tuli ulos vinkkauksena. Kymmenen ripsistä myöhemmin hän oli nyyhkyttävä lihamassa, nykivä käsiään ja yritti edelleen päästä irti.

"Päästä minut menemään, senkin paska!"

"Voi, mikä hätänä, etsivä? Halusit pelata ja nyt et pidä säännöistä?" Kehys kallistui jälleen, laskeen häntä muutaman tuuman ja hän tiesi mitä seuraavaksi. "No, miksi emme aloittaisi juhlia?" Hän tunsi hänen sormensa hänen kuiva pillua. "Valmistautukaa, etsivä. Aion repiä sinut auki."

Burton tunsi hänen työntönsä ja kuuli hänen sanattoman huutonsa. Hänen kätensä poistuivat hänen ruumiistaan ja hän vetäytyi pillusta ja otti häkin mukaansa. Silmät sidottuina hän saattoi vain kuvitella, millainen kohtaus olisi: veri valui punaisena pitkin hänen jalkojaan, kun se kuplii kahdesta hänen kukkonsa päässä olevasta reiästä, kaksi reikää, jotka oli porattu hänen lihaansa hopeahäkkiin kiinnitetyillä kahdella hopeapaalulla. joka sopi hänen pilluansa. Sen tyvellä olevat väkäset varmistaisivat, että hän vuotaisi runsaasti verta, jos hän yrittää poistaa sen.

"Sinä narttu!" Hän huusi jostain takaa. "Mitä vittua sinä teit minulle?" Hän nyökkäsi käsistä ja jaloista eikä löytänyt vieläkään vapautusta. "Sinä narttu! Sinä..." Äkillisen hiljaisuuden rikkoi vain vinkuminen ja hän kuuli häkin osuvan lattiaan, jota seurasi nopeasti ääni hänen ruumiinsa törmäämisestä sen viereen.

Etsivä Clarice Burton riippui kehyksestä, edelleen nyyhkyttäen, ei pelosta vaan helpotuksesta. Se oli ohi. Nyt hänen täytyi vain odottaa, että majakka tuo apua. Acosta ja Stevens murtautuisivat pian sisään. Hänen täytyisi vain kärsiä toimistovitsistä, kun hänet löydettiin alasti. Kaikki oli nyt ohi.

LUKU XII

"Clarice! Clarice!"

Hän kuuli Stevensin äänen, mutta hän oli liian tunnoton liikkuakseen. Hänen kätensä tuntuivat lyijyltä ja hän oli pyörryksissä hänen päässään kerääntyneestä verestä. Nahkaistuimet putosivat pois yksi kerrallaan, ja hänet autettiin jaloilleen, mutta hän huomasi, ettei hän voinut seistä. Vahvat kädet kantoivat hänet paikkaan, jossa hän oli makaamassa ja peitetty jollakin. Muutamaa minuuttia myöhemmin sokkoside poistettiin, ja imukupit tulivat irti täynnä hikeä ja kyyneleitä.

Hän räpäytti voimakasta valoa vasten, reagoiden kuin joku, joka oli tuijottanut salamalamppua ja sokeutunut hetkeksi. Joku pyyhki kylmällä kankaalla hänen silmiään, pyyhkii roskat pois ja hän kohotti kätensä hieroakseen niitä, räpäyttäen edelleen kiivaasti. Muutama minuutti vielä ja hänen näkönsä oli kirkastunut riittävästi, niin että Johnin kasvot tarkentuivat, hänen ilmeensä oli korvaamaton.

"John, näenkö tuon pelon?"

"Oletko kunnossa?"

"Kyllä, olen kunnossa. Missä Acosta on?"

Stevens nielaisi, hänen silmänsä siirtyivät johonkin kohtaan lattialla. "Hän on tuolla."

Sanat eivät uppoaneet sisään ennen kuin hän näki ruumiin, sitten epäusko sumensi hänen mielensä. Hänen kumppaninsa, hänen lähin kollegansa, makasi lattialla, ja hänen allastaan levisi verilamppu kuin peitto. Häkki makasi sentin päässä hänen kädestään, ja sen piikkipiikit olivat kierteitetty hyytelömäisellä lihalla. "Tony?"

Etsivä Stevens laittoi kätensä Burtonin olkapäille, hänen äänensä matalalla, kun lisää upseereita tulvi huoneeseen. "Se oli Acosta, Clarence. Hän oli Jack."

"Hän ei voinut olla. Kuinka..."

"Sain puhelun aiemmin tänään tohtori Jonathan Herbertiltä. Hän sanoi, että hän oli hoitanut Acostaa viimeiset kymmenen vuotta ja että Jack oli yksi hänen ilmentyneistä persoonallisuuksistaan."

"Miksi hän ei ottanut meihin yhteyttä aiemmin?"

"Ilmeisesti hän oli Baltimoressa vuosikongressissa. Hän palasi vasta tänä aamuna ja luki lukemisensa. Silloin hän huomasi, että se oli Acosta."

Vapina alkoi syvällä Burtonin sisällä, jota hän ei voinut lopettaa ja hän putosi kyyneliin Stevensin käsivarsille. Hän oli lähellä kuolemaa. Se ei pelännyt häntä eniten. Acosta oli ollut niin lähellä häntä koko tämän ajan.

"Vie minut pois täältä, John. Ole kiltti. Vie minut kotiin."

* * *

Seuraavat päivät olivat täynnä enemmän toimintaa kuin Burton pystyi kestämään. Jokainen tiedotusväline halusi puhua Kovan etsivän kanssa, joka oli nappannut Viiltäjä Jackin -murhaajan, mutta hän ei halunnut olla tekemisissä sen kanssa. Hän vetäytyi kotiinsa viettäen aikaa korkkitauluseinän edessä ja itkien hillittömästi. Hän oli melkein pettänyt heidät. Hän oli niin uppoutunut työhönsä, tämän tappajan etsimiseen, että hän unohti elää. Sitäkö Angie olisi halunnut äidiltään eristäytyäkseen sivilisaatiosta?

Neljä päivää murhan jälkeen hänet määrättiin komissaarin toimistoon antamaan täydellinen tiedotus, ja hän selvisi kokemuksesta, kun hän tunsi itsensä tyhjentyneeksi. Poliisipäällikkö neuvoi häntä ottamaan muutaman päivän loman kerätäkseen ajatuksiaan, ja hän suostui, vielä liian emotionaalisesti raakana tiedotuksesta protestoidakseen. Kun hän ohitti etsivän toimiston, hän pysähtyi katsomaan sisälle ja näki, mitä hän niin halusi olla osallisena. Stevens, Andreotti ja pari muuta kaveria tungoksivat pöydän ympärillä, vitsailevat ja nauroivat yhdessä.

Hän ei voinut pysäyttää itseään. Hän työnsi oven auki ja astui avoimeen tilaan ja kaikkien katseet kääntyivät häneen. Burton nielaisi ja kertoi itselleen, että hän vain tarkistaisi puhelimeensa viestit ja lähtisi yhtä hiljaa. Kaikki katselivat häntä, kun hän käveli ohitse, ontuen hieman parantuvista piiskahaavoista, tarkkaillen hiljaa hänen hiljaista voimaansa. Ensimmäinen taputus jäädytti hänet ja hän kääntyi nähdäkseen Stevensin seisovan ja taputtamassa häntä. Andreotti ja muut liittyivät mukaan, ja hetken kuluttua jokainen etsivä seisoi ja taputti etsivä Clarice Burtonin rohkeudelle.

Hän meni työpöytänsä luo ja tarkisti viestejään, pyyhki kiivaasti kyyneleitä raapustaessaan tietoja. Kun hän sulki puhelimen, hän huomasi pienen paketin nurkassa ja avasi sen hitaasti. Sisällä oli hopeinen emättimen häkki, sen piikit ehjät, paitsi että ne lävistivät Viiltäjä-Jackin lelumallin. Pohjassa oli pieni huomautus: Tervetuloa viidakkoon. Jostain oudosta syystä sanat saivat kyyneleet hänen silmiinsä ja hän ymmärsi, mitä kollegansa sanoivat. Hän oli aina yksi heistä ja hän oli joukkueelle erityinen tavalla, jota he eivät olleet. Heidän miehisyytensä ei voinut antaa heidän tunnustaa rakkauttaan häntä kohtaan, mutta he antoivat hänen tietää olevansa rakastettu.

Etsivä Burton puhalsi nenänsä, suoritti pöytänsä ja lähti ulos, helpottuneena huomatessaan, että etsivähuone oli taas normaali, ihmiset vastasivat puheluihin, täyttivät papereita ja puhuivat tapauksista. Hän pysähtyi pöydän viereen, jossa kaverit olivat. "Olet minulle lounaan velkaa."

"Mitä?" Andreotti sanoi katsellen muita etsiviä.

"Tiedän harjoituksen. Ratkaise tapaus, miehistö ostaa sinulle lounaan, eikö niin?"

Stevens nauroi. "Joo niin on."

"Hyvä. Jokainen teistä on minulle lounaan velkaa."

Burton käveli ulos huoneesta hymy kasvoillaan ja tuli sydämessä. Aion elää, Angie. Minä elän.

LOPPU

65

www.ingramcontent.com/pod-product-compliance
Lightning Source LLC
Chambersburg PA
CBHW021321160726
47994CB00004B/1549